Manga : Koban Sameda
Œuvre originale : Arata Shiraishi
GA Novel / SB Creative
Character design : TaKaYaKi

# BACK FROM ISEKAI 3

# SOMMAIRE

HIN...
HIN HIN...
MES FÉLICITATIONS...
ÇA FAISAIT UN BAIL QUE JE N'AVAIS PAS EU AUSSI MAL...
SANS DOUTE IL Y A 1 000 ANS, QUAND ON M'A ENFERMÉ.
FSHOUUU
JE TE TIRE MON CHAPEAU, HUMAIN !
JE LE PRENDS COMME UN HONNEUR...
RENARD POURRI !

# CHAPITRE 9 : PUISSANCE DIVINE

ピキ
CRIC
TU AS ASSEZ DE RÉPONDANT POUR BLESSER UN DIEU...
JE SENS QUE JE VAIS BIEN M'AMUSER !
ピキ
CRIC !
UN DIEU, HEIN ?
C'EST VRAI QU'IL EST BALÈZE !
J'AI BEAU M'ÊTRE RÉADAPTÉ À CETTE RÉALITÉ ET M'ÊTRE AFFAIBLI...
JE L'AI FRAPPÉ DE TOUTES MES FORCES AVEC L'ÉPÉE SAINTE EXCALIBUR.
UN MONSTRE NORMAL SE SERAIT LITTÉRALEMENT ÉVAPORÉ.
シュウウウウ
PSHIII

IL N'A PAS VOLÉ SON TITRE DE DIEU...
AU FAIT, GAMIN...
QUOI ?
TU ES DE QUELLE BRANCHE ?
PFF...
FAIS PAS L'IGNORANT !

TOI AUSSI...
T'ES UN DÉIVORE ?
GNIIII
?!
HEIN ?!
POUR ARRIVER À M'ATTEINDRE, C'EST QUE TU AS DÛ DÉVORER L'ÂME D'UN DIEU...
AMATERASU ? OU D'UNE AUTRE MYTHOLOGIE ASIATIQUE ?
PSHIIIII
JE NE PIGE RIEN À CE QUE TU RACONTES...
JE SUIS JUSTE DAIKI MORISHITA.

TU T'OBSTINES À NIER ?
GRR
GRR
GRR
DANS CE CAS, JE VAIS T'AIDER...
À ÊTRE UN PEU PLUS BAVARD...
DOOOM
?!

BOOH
BOOH
FIOUUH
IL ÉVITE DEUX FOIS MES COUPS ?
ALORS SON ATTAQUE N'ÉTAIT PAS SEULEMENT UN COUP DE CHANCE...
FINI !!
GRAP

DOIIING
SHRAAAAC
FSHOUU
CLIIING

TU PARES ENCORE MES COUPS ?
PSHIII
TU M'IMPRES-SIONNES, HUMAIN...
MALHEU-REUSE-MENT...
ZOUUUH
BLAM
BLAM
DES FRAPPES EN RAFFALE, ASSÉNÉES PAR LE HAUT...
BLAM
BLAM
BLAM
BLAM
BLAM
C'EST AUSSI SIMPLE QU'EFFICACE...

DOM
DOM
MÊME S'IL SE PROTÈGE, IL N'A AUCUN RÉPIT !
GNH...
DOM
DOM
VOILÀ POURQUOI LA POSITION À CALIFOURCHON EST CLAIREMENT AVANTAGEUSE...
BLAM
BLAM
BLAM
BLAM
BLAM
ALORS, HUMAIN ?!
TU NE MOUFTES PLUS ?!
BLAM
BLAM
BLAM

C'EST TOUT ? JE PENSAIS QUE TU TE REBIFFERAIS UN PEU PLUS...
TU ME REFROIDIS, LÀ !
HYAAA !
VLAAAM
IL A PERCÉ MA DÉ-FENSE !
DZIIIIH
ON DIRAIT BIEN QUE PHYSIQUE-MENT, IL EST PLUS FORT QUE MOI...
MORI-SHITA...
BAAAH
SURTOUT PAS !!

NE T'INTER-POSE PAS !
DANS TON ÉTAT, TU NE PEUX RIEN CONTRE LUI.
MAIS...
JE NE VAIS PAS RESTER...
ADMIRE LE SPECTACLE, GAMINE !
UNE FOIS QUE JE LUI AURAI ÉCRASÉ TOUS LES MEMBRES, JE TE DÉVORERAI LENTEMENT SOUS SES YEUX !
HOUU...

FSHIII
C'EST DONC ÇA...
UNE PUISSANCE DIVINE ?
ALORS, TU ABAN-DONNES ?
J'IMAGINE TA DÉTRESSE, TA HAINE...
TON DÉSES-POIR...
C'EST LA MEILLEURE OFFRANDE QUE TU PUISSES ME FAIRE !
TU VAS COM-PRENDRE ...
CE QU'IL EN COÛTE DE S'OPPOSER À UN DIEU !

EFFECTI-
VEMENT,
JE SUIS
DÉSES-
PÉRÉ...
PAR
TOI !
RENFOR-
CEMENT
DE LA
PUISSANCE
PHYSIQUE
ACTIVÉE.
CRIIIC
CRIIIC
PFF...
POUR
COMMEN-
CER...
JE VAIS TE
RABATTRE
TON CA-
QUET UNE
BONNE
FOIS POUR
TOUTES !
FSHOUUU
PLAAAF

QUE...
CRIIITCH
GNHH...
AVEC CETTE COMPÉTENCE, MA FORCE A PLUS QUE DOUBLÉ.
HP:
MP: 850
ATTAQUE :
C'EST LA BASE, EN COMBAT RAPPROCHÉ.
JE NE POURRAIS PAS CONTINUER SANS ÇA.

HOP...
みし
CRIIITCH
WOU-AAAA-AAH!!
じっ
ET VLAM...
ごろん...
SBLOOOM

QUE...
QU'EST-CE QU'IL...
DZIIIIIH
S'EST PASSÉ ?!
JE T'AI JUSTE ARRACHÉ UNE OREILLE.
PAS LA PEINE DE BRAILLER POUR SI PEU.
PLOTCH

PSHIIIIT
POUR UN TYPE QUI SE PRÊTEND DIEU...
ÇA CASSE PAS TROIS PATTES À UN CANARD, HEIN ?
BOUM
BOUM
HA... AÏE...
WOUAAAH !
MAIS COM-MENT...
TU AS PU...

HONNÊTEMENT, J'AI UN PEU FLIPPÉ…
QUAND J'AI SU QUE C'ÉTAIT UN DIEU.
JE N'ARRIVE PAS À LA CHEVILLE DE LA DÉESSE QUI M'A RÉINCARNÉ, ALORS…
J'ÉTAIS PLUTÔT EN TRAIN DE TESTER CE QU'IL VAUT, MAIS…
D'APRÈS SON STATUT, IL EST À PEINE PLUS FORT QUE MOI AU QUOTIDIEN.
P : 7250/7480
MP : 2583/2640
EN GROS, IL SERAIT DANS LES 32 MEILLEURS ÉPÉISTES AU TOURNOI DE LA CAPITALE IMPÉRIALE.
AVEC SES COMPÉTENCES EN MAGIE, QUI OPTIMISENT SON ARME…
JE DÉTESTE ME BATTRE…
25E
MÊME PRINCESSE POURRAIT EN VENIR À BOUT.

ÇA NE VALAIT PAS LE COUP D'AVOIR PEUR...
GNIII
GHH...
L'IDÉAL SERAIT DE M'EN DÉBARRASSER SUR-LE-CHAMP, MAIS...
SÉRIEUX ?!
VU LES DÉGÂTS QU'IL A CAUSÉS...
LE GRAND KYÔBI ?!
ÇA NE PEUT PAS FINIR COMME ÇA.
FSHIIII
!

BLAM
BLAM
CLAC
BOUM
PETIT IMBÉCILE !!
TU VIENS DE LOUPER UNE OCCASION EN OR !
BOUM
TU N'EN AURAS PAS D'AUTRE !
T'AS FINI DE BLABLA-TER ?
AMÈNE-TOI.
BROOOO
GOUPIL DE MES DEUX !!

COMMENT OSES-TU...
PSH!!!
PSH!!!
ピキ
ピキ
ME TRAITER AINSI ?!
FROUUUSH
ILLU-SION !

PSHIIII
TU VAS DÉGUSTER...
CRITCH
CRITCH
LA VÉRITABLE PUISSANCE D'UN DIEU...
HIN HIN...
!

SHLIIIING
DANSE FRÉNÉTIQUE DU DIEU RENARD !!
DOOOM
!

HYAAAAAA!
HIN HIN HIN...
TU N'ARRIVES MÊME PLUS À RÉPLIQUER ?!

DES ENCHAÎNEMENTS À GRANDE VITESSE...
MÊME MORISHITA EST COMPLÈTEMENT DÉPASSÉ !
BROOOO
FSHOUUU
HIN HIN... JE ME SUIS PEUT-ÊTRE UN PEU EMBALLÉ ?
DZIIIIIH
J'Y SUIS ALLÉ DE TOUTES MES FORCES CONTRE UN SIMPLE HUMAIN...
IL FAUDRA QUE JE TRAVAILLE MON SELF-CONTROL, MOI.

ET ?
TU VAS ME LA MONTRER QUAND...
TA SOI-DISANT PUISSANCE DIVINE ?
FSHOUUUUUU
APRÈS TOUT ÇA ...
PAS LA MOINDRE ÉGRA-TIGNURE ?!

CE...
GHHH
C'EST IM-POSSIBLE ?!
T'AS FINI ?
SI C'EST LE CAS...
À MON TOUR, MAINTENANT.
?!
FSHOUUU
IL A DISPA...

VLAAAAM
HMPF ?!
FSHIIII

CRATCH
GNHH... HIN...
CRATCH
COM-MENT... AI-JE PU...
NE PAS VOIR L'ATTAQUE D'UN HUMAIN ?
BRRR
WOUAH HA HA !
ÇA FAIT VRAIMENT... VRAIMENT LONGTEMPS...
PLOC
PLOC
QUE JE N'AVAIS PAS ÉTÉ BLESSÉ...
NI AUSSI HUMILIÉ... BIEN AVANT D'ARRIVER DANS CE PAYS !
BRRR
T'ES BAVARD, POUR UN RENARD.
ON PEUT EN FINIR, OUI ?
HIN HIN...
TU VAS UN PEU VITE EN BESOGNE, PETIT...

TU CROIS QUE…
DZIIIIH
HEIN ?!
J'ÉTAIS VRAIMENT À FOND ?
TU AS L'AIR DE CROIRE QUE JE PRÉFÈRE LES COMBATS RAPPROCHÉS, MAIS…
À LA BASE, JE SUIS PLUTÔT UN INCANTATEUR !
JE MAITRISE UNE TECHNIQUE…
DE PROTECTION TOTALE…

LA PROTECTION TOTALE ?
NON...
ZUT...
JE ME SUIS RÉJOUI UN PEU VITE...
IL AVAIT ENCORE UNE CARTE À JOUER ?
ÇA VEUT DIRE QU'IL EST PEUT-ÊTRE PLUS FORT QUE LE ROI DES DÉMONS DE L'AUTRE MONDE ?
MA SEULE ERREUR IDIOTE...
FUT DE NE PAS ME DONNER PLEINEMENT DÈS LE DÉBUT !
FSHOHHH

INCANTA-
TION...
SPHÈRE
PROTEC-
TRICE
!!
AH,
C'EST...
C'EST LA
SPHÈRE
DE PRO-
TECTION...
DU DIEU
KYÛBI !

ON DIT QU'ELLE REPOUSSE TOUTES LES ATTAQUES PHYSIQUES ET MAGIQUES.
DE NOMBREUX MAGES PUISSANTS ONT ESSAYÉ DE L'ATTAQUER, MAIS SE SONT TOUS FAIT DÉVORER !
WOUAAAH HIN HIN !
C'EST GRÂCE À CETTE TECHNIQUE QUE J'AI ACQUIS LA PUISSANCE D'UN DIEU !!
OUPS...
ALORS LÀ, JE NE M'Y ATTENDAIS PAS...
TU COMPRENDS À QUEL POINT...
TU VAS SOUFFRIR, MAINTENANT ?

IL PEUT REPOUSSER LES COUPS…
TOUT EN ENVOYANT DES INCANTATIONS À LOISIR !
GNIIII
TU M'ÉPATES, DE MESURER MA FORCE AU PREMIER COUP D'ŒIL…
OUI…
JE SUIS FRANCHEMENT ÉTONNÉ.
HA HA HA HA HA HA
IL FAUT DIRE QUE…
JE CONNAIS CETTE TECHNIQUE.

À VUE DE NEZ…
CE N'EST QU'UNE TECHNIQUE DE DÉFENSE UN PEU AVANCÉE.
N'IMPORTE QUEL PRÊTRE DE HAUT RANG PEUT L'UTILISER…
OU MÊME DE RANG INTERMÉDIAIRE !
NOTRE PRINCESSE LA MOBILISAIT TOUJOURS POUR NOTRE GROUPE.
CETTE FOIS, MÊME TOI…
TU NE POURRAS RIEN CONTRE ÇA !

ET DONC ?
TU VEUX QUE JE DÉTRUISE TA PROTECTION BIDON ?
HUMF...
TU AS DE L'HUMOUR...
QUELLE QUE SOIT LA PUISSANCE DE TES COUPS, MA SPHÈRE LES RÉDUIRA À NÉANT !
JE T'AI SURESTIMÉ, SI TU NE T'EN ES MÊME PAS APERÇU...

BREF, DONC ÇA TE VA...
SI JE TE FAIS UNE DÉMO ?
HIN HIN... ESSAIE DONC...
IL ME TARDE DE VOIR TA TÊTE DÉ-CONFITE !
DANS CE CAS ...
À MON TOUR DE ME FAIRE PLAISIR !
WOUUUH

ATTAQUE DU HÉROS, COMPÉTENCE ACTIVÉE.
TECHNIQUE DU DRAGON ACTIVÉE.
TECHNIQUE DÉMONIAQUE ACTIVÉE.
BROOOOOO
FORCE DIVINE DE DIAMANT ACTIVÉE.
PROTECTEUR DE COMBAT ACTIVÉ.
ANÉANTISSEMENT ACTIVÉ.
TECHNIQUE DU VAINQUEUR, COMPÉTENCE ACTIVÉE.
C'EST BON...
DÉCOMPOSITION QUANTIQUE ACTIVÉE.
AFFILIATION NUCLÉAIRE ACTIVÉE.
PAS LA PEINE D'EN SORTIR AUTANT !
DESTRUCTION TOTALE, COMPÉTENCE ACTIVÉE.

CETTE FOIS...
CRITCH
CRITCH
FSHOUUU
PLUS DE PITIÉ !!

SHLIIIIING

バラ
CLING
CLING
バラ
ALORS ?
CRIC
ボキ
ON FAIT QUOI, MAINTENANT ?
CRIC
ボキ

# BACK FROM ISEKAI

# CHAPITRE 10 : COUP FATAL

C'EST IMPOSSIBLE...
JE NE LE CROIS PAS !
C'EST POURTANT CE QU'IL VIENT DE SE PASSER.
JE DOIS RECONNAÎTRE QUE...
PLIC
PLIC
EN TECHNIQUES DE COMBAT PUR, JE NE T'ÉGALE PAS.
EH BEN ENFIN !
SI TU COMPTES ABANDONNER, ET...
TE PLANQUER EN FORÊT COMME UN BON GROS RENARD...

ABAN-DON-NER ?
BROOOR
POURQUOI FERAIS-JE ÇA ALORS QUE JE DOMINE LE COMBAT ?
SHLAC
SHLAC
!
SES QUEUES SE DÉDOUBLENT...
GRRRRR
SI T'ES ASSEZ BÊTE POUR VENIR AIDER TES AMIES...
ALORS ÇA NE DEVRAIT PAS ÊTRE TROP DIFFICILE DE M'EN SERVIR POUR T'ACHE-VER !
HI HI ! J'AI GA-GNÉ...

DES CLONES DE KYÛBI...
GRRRR
JE NE POURRAI PAS LEUR RÉSISTER !
ZIIIIH
DÉSOLÉE, MORISHITA...
IL EST HORS DE QUESTION QUE JE SOIS UN BOULET POUR TOI.
GLOUP
QUE...
SHOUUF

SHLAAAC
TU AS PERDU TROP DE TEMPS, LE RENARDEAU !
KAGUYA ! T'AVISE PAS DE MOURIR AVANT DE ME REMBOURSER TA DETTE !
BIEN JOUÉ, LEILA !
SHOUUU

TRANCHANT DU VIDE !
SHLAAAC
DOOOM
GRO-AAAAAAR !!
IL... IL A ÉVITÉ MON PIÈGE ?
BRRR
TU VAS VOIR ÇA...
BRRR
CRIC
CRIC

?!
DES ARAIGNÉES DE TERRE ?!
IL Y EN A NEUF, PILE OÙ ON DOIT ATTERRIR !
PFU ! ELLES NE POURRONT RIEN CONTRE MOI...
MAINTENANT QUE JE SUIS À PLEINE PUISSANCE !
POUUUF
QUE...
ELLES ONT DISPARU ?!

CRAATCH
CRAATCH
CRAATCH
UNE VARIANTE SPÉCIALE, DES ARAI-GNÉES MIMÉTI-SÉES...
COMMENT LES ÉVITERAS-TU SANS LES VOIR ?
SHAAA
SHAAA
SHAAA
ELLES SONT TRANSPA-RENTES ?
EN TERME DE COMPÉTENCE, C'EST DU CAMOUFLAGE OPTIQUE...

ELLES SONT INVISIBLES ?!
DÉCIDÉMENT, ÇA NE S'ARRÊTERA JAMAIS !
TOI AUSSI, REMETS-TOI DEBOUT !
NAVRÉE MAIS JE SUIS INCAPABLE DE BOUGER.
T'ES TROP LOURDE POUR QUE JE PUISSE VOLER ! T'AS PENSÉ À UN RÉGIME ?
TU JALOUSES ENCORE MES NIBARDS DANS UN MOMENT PAREIL ? ÇA NE M'ÉTONNE PAS DE TOI...
ARRÊTEZ D'ÉTALER VOS POINTS FAIBLES DEVANT L'ENNEMI !
DEUX OTAGES VALENT MIEUX QU'UNE...
VENEZ PAR ICI, LES DEUX VERMINES !

LEILA ! ATTAQUE, À DEUX HEURES !
!
EN ARRIÈRE, RECULE !
WOUUUSH
WOUUUSH
QUOI ?
ON EST ENCERCLÉES !
ÇA VIENT À SIX HEURES, LÀ ! VOLE À DROITE, SUR 12 MÈTRES !
SHAA
SHAA
SHAA

FIOUUUH
MAIS COMMENT PEUVENT-ELLES S'EN SORTIR...
AVEC UN AUSSI PIÈTRE NIVEAU DE MAGIE ?!
BAH
BAH
BAH
LEILA, MAINTENANT !
MONTE À TOUTE PUISSANCE !
!
BAH
BAH

TYPE ZÉRO...
TRANCHANT DU VIDE !!
SHLAAAC

PLOTCH
PLOTCH
PLOTCH
MAIS QUE...
PLIC
COMMENT...
PLIC
TU LES AS SOUS-ESTIMÉES.
ABENO A MUTUALISÉ SES FACULTÉS DE DÉTECTION...
AVEC LES CAPACITÉS D'ÉVITEMENT DE LEILA.
GNHH...

CLAC
HIN HIN... JE N'AI PEUT-ÊTRE PAS PU PRENDRE D'OTAGE, MAIS CE N'EST PAS GRAVE.
TU AS JUSTE EU UN PEU DE CHANCE !
CLAC
CLAC
HAAA...
POUR LE MOMENT, ON EST À ÉGALITÉ...
HAAA...
TU VEUX RIRE ?
DEPUIS LE DÉBUT JE SAVAIS QUE TU AVAIS PLACÉ...
DES CLONES ET DES ARAIGNÉES INVISIBLES.
SANS COMPTER CE PIÈGE DÉBILE...
VRAIMENT NAZE...
HEIN ?
AH BON ?
QU'ELLES N'ONT PAS EU DE DIFFICULTÉ À DÉJOUER.
PAS TROP VEXÉ ?
IMPOS-SIBLE...

AU MOMENT MÊME...
OÙ TU T'EN ES PRIS À MES AMIES, TU ÉTAIS FOUTU.
C'EST DU DÉLIRE...
GRML
GRML
DES HUMAINS NE PEUVENT PAS LUTTER ?!
PLUS D'AUTRE ATOUT EN STOCK ?
TU PRÉFÈRES TE DÉBATTRE BÊTEMENT...
OU TE RENDRE ?
HIN HIN...
HIN HIN HIN...

UN MI-
SÉRABLE
HUMAIN...
NE PEUT
PAS
FAIRE
PLIER UN
DIEU !
GNIII
PUISQUE
C'EST ÇA...
JE N'AI
PLUS DE
RAISON
DE ME
RETENIR.
COMPÉ-
TENCE :
FRAPPE
DU
HÉROS.
RENFORT DES
CAPACITÉS
PHYSIQUES,
DESTRUCTION
CORPORELLE
ACTIVÉES.
WOUUSH
CONCEN-
TRATION
DE FORCE
ACTIVÉE.
GN!!!!

AMÈNE-TOI !!
WOUUUSH
J'ATTENDAIS QUE TU COMPTES SUR TES MUSCLES ET LAISSE PLEIN DE FAILLES !!
FRSHHHH
PRENDS MA DERNIÈRE CARTE DANS LES DENTS...
TOUTE MA PUISSANCE MAGIQUE CONCENTRÉE DANS CETTE ATTAQUE...
TECHNIQUE DÉMO-NIAQUE !!
DAAAH

IL A PEUT-ÊTRE DES ATOUTS REMARQUABLES, MAIS…
CE N'EST QU'UN ÊTRE HUMAIN, AVEC DES LIMITES BIOLOGIQUES !
MÊME UN DÉMON NE POURRAIT PAS ÉVITER CETTE FRAPPE…
TU NE SORTIRAS PAS INDEMNE…
DE CETTE DERNIÈRE ATTAQUE !!
WOUUUSH
TU CROYAIS ME PRENDRE PAR SURPRISE ?

DOM-
MAGE...
JE L'AI
VUE VENIR
À 3 KILO-
MÈTRES.
FIOUP
BLOOOOM

DAAAM
CRITCH
CRITCH

WROUU
VROUU
DOOOM
GNH...
GWOU-AAARG !
FSHOUUU
C'ÉTAIT MOINS UNE, MAIS...
GRR
J'AI RÉUSSI À TRANSFORMER MA FORCE DE FRAPPE EN PUISSANCE DE DÉFENSE !
GRR
PROFITONS-EN POUR SE REPLIER PROVISOIREMENT...
HIN HIN... IL ME PAIERA CET AFFRONT...
?!

VROOO
VROOO
IL EST ASSEZ HAUT POUR ÉVITER TROP DE DÉGÂTS.
AVEC MA CAPACITÉ DE CONCENTRATION, J'AI PU ACCUMULER SUFFISAMMENT DE PUISSANCE MAGIQUE.
FSHOUUU

QUAND ON FAIT DU MÉNAGE...
IL NE FAUT RIEN LAISSER SOUS LE TAPIS.
C'EST UNE TECHNIQUE INTERDITE...
RÉSERVÉE AU HÉROS.
NON...
PAS ÇA...
SHAAAA

BROOO

MARTEAU
DE THOR
!!

BOOOOM

LE MARTEAU DE THOR SOUFFLE TOUT À 200 MÈTRES À LA RONDE.
INUTILE DE VÉRIFIER S'IL A SURVÉCU OU NON.
BROOO
LE GRAND MÉNAGE DÉMONIAQUE EST TERMINÉ !
LA DERNIÈRE ATTAQUE DE KYÛBI...
ÉTAIT DE LA MAGIE...
GNIII
?!

SHLAAC
J'AVOUE QUE SI J'AVAIS VRAIMENT PRIS SON ATTAQUE DANS LES DENTS...
J'AURAIS SANS DOUTE EU MAL. À PEU PRÈS AUTANT QU'EN ME COGNANT UN ORTEIL CONTRE UN COIN DE TABLE.

# BACK FROM ISEKAI

DEUX JOURS APRÈS…
LA MISE EN MIETTES DE KYÛBI.
CHAPITRE 11 : CHACUN SES RAISONS
TON THÉ EST BON ?
MINE DE RIEN, C'EST UN GRAND CRU…
ÇA, JE NE DIS PAS. IL EST TRÈS BON, MAIS…

DISONS QUE ÇA NE REND PAS PAREIL, SERVI DANS UNE CABANE EN CARTON.
ARRÊTE, TU VAS ME FAIRE ROUGIR !
ELLE EST BIEN FAITE, HEIN ?
APPAREMMENT, ABENO N'A PAS DIT À SA FAMILLE QU'ON AVAIT DÉMOLI KYÛBI.
ELLE S'EST CONTENTÉE DE FAIRE CROIRE QU'IL N'ÉTAIT FINALEMENT PAS REVENU SUR TERRE.
C'ÉTAIT SANS DOUTE MIEUX, ELLE AURAIT EU DU MAL À EXPLIQUER COMMENT UNE LYCÉENNE AVAIT PU VENIR À BOUT D'UN DIEU AUSSI REDOUTABLE.
BAH, DE TOUTE FAÇON JE L'AI PIQUÉ À MA FAMILLE.
ÉVIDEMMENT, SON RETOUR N'A PAS ÉTÉ ACCUEILLI AVEC JOIE.
ELLE A PRIS QUELQUES VÊTEMENTS ET EST PARTIE...

AU FAIT, QU'EST-CE QUE TU MANGES...
DEPUIS TOUT À L'HEURE ?
DES COOKIES FAITS AVEC DE LA CHAIR DE MARRONS GRILLÉS.
PAR CHANCE, IL Y EN A PLEIN CE PARC.
LES GLUCIDES SONT TRÈS IMPORTANTS, MORISHITA !
UN INSECTE !
RAPPELLE-MOI, TU VIENS BIEN D'UNE GRANDE FAMILLE ?
C'EST CE QUE JE CROYAIS, DU MOINS.
TU NE POUVAIS PAS PRENDRE UN PEU D'ARGENT ?
J'UTILISAIS LA CARTE DE CRÉDIT FAMILIALE...
JE N'AI QUE 7 YENS DANS MON PORTEFEUILLE.

C'EST DONC ÇA, NE PAS AVOIR D'ARGENT ?
JE N'AVAIS JAMAIS CONNU ÇA...
EXCUSE-MOI DE NE PAS COMPATIR.
TU VEUX QUE JE T'EN PRÊTE UN PEU ?
JE NE VEUX RIEN TE DEVOIR !
J'EN ÉTAIS SÛR...
JE PEUX COM-PRENDRE, MAIS TU NE FERAIS PAS MIEUX DE RENTRER ?
LA CAUSE DE VOS SOUCIS, KYÛBI, A DISPARU...
IL SUFFIRAIT D'UNE BONNE DISCUSSION, NON ?
MÊME PAS EN RÊVE.
MA SŒUR A ESSAYÉ DE ME FILER DE L'HÉROÏNE POUR FAIRE DE MOI L'ESCLAVE SEXUELLE D'UN DÉMON.
SI J'Y RETOURNE, CETTE FOIS JE VAIS VRAIMENT ME FAIRE TUER !
EUH... PAS FAUX...
REMARQUE, C'EST VRAI QUE JE ME SUIS BIEN LOUPÉE...
EN PARTANT DE CHEZ TOI ?
MAIS NON...

EN DÉTRUISANT LA FIOLE D'HÉROÏNE !
J'AURAIS DÛ LA GARDER, ÇA VAUT UNE BLINDE CE TRUC...
C'EST LA PIRE CHOSE À FAIRE !!
HONNÊTEMENT, JE SUIS UN PEU À BOUT.
L'AVERSE D'HIER A BIEN ABÎMÉ MA BARAQUE.
ELLE FUIT DE PARTOUT, J'AI ENVIE DE PLEURER.
ELLE N'A VRAIMENT RIEN FAIT DE MAL...
ELLE NE DEVRAIT PAS SUBIR TOUT ÇA...
IL EST VRAI QUE JE N'AI PAS BEAUCOUP D'ÉCONOMIES, MAIS JE POURRAIS...
DIS, MORISHITA...

JE SUIS JOLIE, NON ?
C'EST QUOI, CETTE QUESTION ?
JUSTE POUR VÉRIFIER.
C'EST GÊNANT DE LE DIRE EN FACE, MAIS...
TU ES BIEN PLUS CANON QUE LA PLUPART DES STARS DU MOMENT.
ET JE SUIS DANS LA MOUISE...
C'EST POUR ÇA QUE J'HÉSITE À VENDRE MON CORPS.
EH OH, ON SE CALME !
IL ME SUFFIRAIT DE POSTER UNE ANNONCE SUR LES RÉSEAUX.
JE TE DIS QUE JE PEUX TE PRÊTER UN PEU D'ARGENT !
JE T'ASSURE QUE ÇA NE ME TENTE PAS NON PLUS !
J'AI BESOIN DE TON AIDE.
HEIN ?

ON VA INFILTRER LES MILIEUX HOMOSEXUELS POUR QUE TU VENDES TES FAVEURS.
PARDON ?!
T'EN FAIS PAS. JE SAIS QUE TU AS DES SOUCIS DE COMMUNI-CATION, JE M'OCCUPERAI DE NÉGOCIER LES TARIFS.
C'EST MOI QUI AI DES SOUCIS DE COMMUNICA-TION ?!
SI TU ARRIVAIS À FAIRE ÇA POUR MOI...
JE PENSE QUE JE POURRAIS SAUTER LE PAS AUSSI.
TU RÉALISES QUE C'EST N'IMPORTE QUOI ?

ÇA PROUVE BIEN À QUEL POINT JE SUIS ACCULÉE...
JE M'EN DOUTE, MAIS NE BRADE PAS TON CORPS POUR AUTANT !
T'EN FAIS PAS, JE NE DONNERAI PAS MA VIRGINITÉ POUR MOINS DE 100 000 YENS !
キリッ
GNIII
ARRÊTE D'ENVISAGER CETTE POSSIBILITÉ !
JE DOIS RENTRER, ALORS...
NE FAIS PAS DE BÊTISES SANS M'EN PARLER AVANT !
JE FERAI AU MIEUX.
J'AI PEUR...

JE RÊVE...
ELLE EST TOUJOURS AUSSI TÊTUE !
ESPÉRONS QU'ELLE NE FASSE RIEN...
HMM ?
CET ENDROIT A L'AIR CHER...
morning menu
café en grain 1500yen
1800yen
cappuccino
Expresso
1 500 YENS LE CAFÉ ?!
DIRE QUE PENDANT CE TEMPS, CERTAINS DORMENT DANS DES CABANES EN CARTON...
C'EST DONC ÇA, LES INÉGALITÉS SOCIALES ?

AH, MORI-SHITA ?
QU'EST-CE QUE TU FICHES TRANQUIL-LEMENT ICI, ALORS QU'HIER TU MÂCHAIS DES MARRONS ?!
HI HI...
ET SI, MORISHITA !
TU N'AS PAS LES MOYENS ! ATTENDS, NE ME DIS PAS QUE...
J'AI TOUT VENDU...
ÇA A MÊME DURÉ UNE BONNE PARTIE DE LA NUIT !
SÉRIEUSEMENT ?!
DAAAM

JE SAIS QUE TU ÉTAIS ACCULÉE, MAIS QUAND MÊME... BRADER QUELQUE CHOSE D'AUSSI IM-PORTANT...
JE NE L'AURAIS PAS CRU...
C'EST VRAI...
JE L'AI BRADÉE.
MAIS BON, POUR 15 MILLIARDS QUAND MÊME !
J'AVAIS BESOIN D'ARGENT, ALORS TANT PIS !
EUH... EN YENS ?
OUI, 15 MILLIARDS DE YENS.

QUI ACHÈTERAIT TA VIRGINITÉ AUSSI CHER, À PART UN MAGNAT DU PÉTROLE ?
QUI PARLE DE VIRGINITÉ ?
HIER TU DISAIS QUE...
C'ÉTAIT UNE BLAGUE ! MÊME POUR 100 MILLIARDS, JE NE LA VENDRAIS PAS !
ALORS TU AS VENDU QUOI ?
MA FAMILLE EST TRÈS ANCIENNE, ON A UN GRAND RÉSEAU.
J'AI VU ÇA...
C'EST GRÂCE À ÇA QU'ON EST EN CHARGE DE CERTAINS OBJETS QUI VALENT LARGEMENT DES TRÉSORS NATIONAUX.
TU AS DÉJÀ ENTENDU PARLER DE MURAMASA OU MASA-MUNE ?
IL Y A PLEIN DE JEUX VIDÉO SUR EUX.

NON SEULEMENT CE SONT DE VRAIS JOYAUX, MAIS EN PLUS ILS ONT DES PROPRIÉTÉS D'EXORCISME INCOMPA-RABLES.
LES ACHETEURS NE MANQUENT PAS.
SANS COMPTER QU'AVEC LEILA SAKAGUCHI...
J'AI ENCORE UN AUTRE MARCHÉ POUR LES REVENDRE.
HAA...
QUEL QUE DOIT LE PAYS OÙ ON SE TROUVE...
LES RELIGIEUX SONT TOUJOURS FRIQUÉS...
NE ME DIS PAS QUE...
VOICI LES NEWS DE CE JOUR.
PLUSIEURS SABRES DES TEMPLES DE LA PRÉFECTURE XX ONT ÉTÉ DÉROBÉS.
LE PRÉJUDICE S'ÉLÈVE À UNE SOMME COLOSSALE, LA POLICE ENQUÊTE PRUDEMMENT...

QUE...
IL PARAÎT QUE LES DOMINIONISTES DEVIENNENT DE PLUS EN PLUS NOMBREUX...
ILS SEMBLENT MANQUER NON SEULEMENT DE RÉPLIQUES SAINTES, MAIS AUSSI D'ARMEMENTS !
ILS M'ONT PAYÉ DIRECTEMENT !
CASH, RUBIS SUR L'ONGLE !
J'HALLUCINE...
ELLE A REVENDU UN DES TRÉSORS DE SA FAMILLE ?!

IL N'Y AVAIT PAS DE SYSTÈME DE SÉCURITÉ ?
HA HA...
MORISHITA...
LES CAPACITÉS DE DÉTECTION ET DE DISCRÉTION M'ONT BIEN SERVI.
JE N'ESPÉRAIS PAS PASSER AUTANT INAPERÇU !
JE N'AURAIS PEUT-ÊTRE PAS DÛ LUI DÉBLOQUER CES APTITUDES !
TU N'AS PAS PEUR DE TE METTRE...
LES ORGANISMES ANTI-DÉMONS À DOS, EN FAISANT ÇA ?
TU CROIS QUE JE VAIS LAISSER LE VATICAN ME RATTRAPER ?
CETTE FOIS, ON EST QUITTES !
LEILA A DE L'INFLUENCE RELATIVEMENT HAUT PLACÉE.
ILS NE S'EN PRENDRONT PAS À MOI AUSSI FACILEMENT.

VOUS ÊTES LE PRÊTRE ABENO, QUI A ÉTÉ CAMBRIOLÉ ?
SI NOUS AVIONS ÉTÉ PLUS RIGOUREUX SUR NOTRE SYSTÈME DE SÉCURITÉ...
ÇA, C'EST MON PÈRE.
HEIN ?!
IL A L'AIR DÉPITÉ.
ILS N'EN PARLENT PAS AUX NEWS, MAIS J'IMAGINE QU'IL A DÛ RECEVOIR DES AVERTISSEMENTS DES AUTORITÉS.
LA BRANCHE DES ABENO EST BLACK-LISTÉE, CETTE FOIS.
ON VA LEUR PIQUER LEUR PATRIMOINE... IL VA FINIR PRÊTRE SUR UNE ÎLE RECULÉE POUR 737 YENS DE L'HEURE.
JE SAIS QU'ILS N'ONT PAS ÉTÉ TENDRES, MAIS...
ÇA NE T'EMBÊTE PAS ?
SI, BIEN SÛR.
COMMENT VEUX-TU QUE ÇA NE M'EMBÊTE PAS ?

C'EST BEAUCOUP TROP DOUX !
SUR UNE ÎLE, NON MAIS SÉRIEUX ?!
GRRRRR
QUAND JE PENSE QUE DES RÉFUGIÉS ERRENT EN MER...
POURQUOI MON ORDURE DE FAMILLE DEVRAIT AVOIR UNE PLUS BELLE VIE QUE CES PAUVRES GENS ?!
ET LEUR PATRIMOINE, À LA BASE ?! LES RENTIERS DEVRAIENT ÊTRE BEAUCOUP PLUS IMPOSÉS !!
DIRE QU'ILS SE SUCRENT SUR LE DOS DES GENS QUI TRIMENT TOUTE L'ANNÉE !!
ELLE VIVAIT PARMI EUX, IL N'Y A PAS SI LONG-TEMPS QUE ÇA...
HIIII !
QUEL RETOUR-NEMENT DE VESTE !
AU PASSAGE...
J'AI PIQUÉ QUELQUES BABIOLES À MA SŒUR ET MES COUSINES AUSSI.

J'IMAGINE QU'ELLES SONT EN PLEINE GALÈRE.
TU AS VOLÉ QUOI ?
到着便
FAIT CHIER... KAGUYAAAA !
TU ME LE PAYE-RAAAAAAS !!
QU'EST-CE QUE TU VAS FAIRE, MAIN-TENANT ?
POUR COMMENCER, JE VAIS ACHETER LE DERNIER ÉTAGE D'UN IMMEUBLE PRÈS DE LA GARE.
C'EST TROP GRAND POUR UNE LYCÉENNE TOUTE SEULE, JE N'AURAI QU'À LE LOUER.
HIN HIN...
JE CROYAIS QUE TU DÉTESTAIS LES RENTIERS ?

EN TOUT CAS...
JE VAIS PRENDRE UN CAFÉ AUSSI, ALORS...
ÇA S'ARRANGE POUR TOI !
NON...
CLANG
LE PLUS IMPORTANT N'EST PAS ENCORE RÉGLÉ.
MORISHITA...
ON SÈCHE LES COURS AUJOURD'HUI.
HEIN ?

ON FILE...
À LA MER TOUS LES DEUX !
?!
FSHAAAA

DIS, MORISHITA...
QU'EST-CE QU'IL Y A ?
TU AIMES MANGER QUOI ?
HMM...
À PART LA CUISINE DE TA MÈRE.
EUH... LES RÂMENS, JE DIRAIS ?
J'AIME BIEN AUSSI.
JE T'EMMÈNERAI DANS UN RESTO RÉPUTÉ, LE GENRE OÙ ON DOIT FAIRE LA QUEUE POUR ENTRER.
AVEC PLAISIR...
...
...
DIS, MORISHITA...
QU'EST-CE QU'IL Y A ?

C'EST L'ÉTÉ DANS QUELQUES MOIS.
TU N'AIMES PAS LA MER ?
SI, COMME TOUT LE MONDE.
QUEL HASARD, MOI AUSSI.
TU AIMES QUEL GENRE DE MAILLOT DE BAIN ?
EUH... LES BIKINIS À RAYURES ?
TYPIQUE-MENT LES GOÛTS D'UN JEUNE PUCEAU !
SI TU VEUX...
JE N'EN AI PAS, ON N'AURA QU'À EN ACHETER UN EN-SEMBLE !
TU N'ES PAS UN PEU BIZARRE, DEPUIS TOUT À L'HEURE ?
TU TROUVES ?

ON EST AMIS, NON ?
C'EST NORMAL DE SÉCHER LES COURS POUR ALLER À LA MER, OU DE S'AMUSER ENSEMBLE.
EUH... TU CROIS ?
PLAAF
ELLE EST QUAND MÊME UN PEU COLLÉE À MOI.
REMARQUE, ÇA A TOUJOURS ÉTÉ LE CAS...
DIS, MORISHITA...
QU'EST-CE QU'IL Y A ?

TU VAS TE MARIER, NON ?
BAH, DISONS QUE CE SERAIT MIEUX...
SI ELLE TE DEMANDAIT CE QUE TU PRÉFÈRES ENTRE PASSER À TABLE, PRENDRE UN BAIN, OU LA FAIRE PASSER À LA CASSEROLE...
QUOI ?!
TU CHOISIRAIS QUOI ?
EUH... ELLE, BIEN SÛR !
QUEL HASARD, MOI AUSSI !
AH BON ?
ON N'AURA QU'À ACHETER DES PRÉSERVATIFS ENSEMBLE, LA PROCHAINE FOIS.
HI HI...
ATTENDS UN PEU, LÀ !

MAIS DE QUOI TU PARLES ?!
HEIN ? DE SEXE, ÉVIDEMMENT.
J'AI BIEN COMPRIS, MAIS EN QUEL HONNEUR ?!
MORISHITA, JE SUIS VIERGE.
JE COMMENCE À LE SAVOIR.
EN GROS...
DOOOM
JE SUIS UNE PÉTASSE VIERGE !
ET C'EST À METTRE EN AVANT ?
SHIII

TOUT CELA M'A FAIT RÉFLÉCHIR.
SUR UN CHAMPS DE BATAILLE, C'ÉTAIT PLUTÔT UN DÉSAVANTAGE.
TU CROIS ?
SI ON AVAIT PERDU LE DERNIER AFFRONTEMENT...
J'AURAIS FINI DANS UN ÉTAT, À FAIRE PÂLIR LES PROFESSIONNELS DU "X".
TOUTE POISSEUSE, AVEC TOUS MES ORIFICES DE...
ÉPARGNE-MOI LES DÉTAILS !!

DANS MON MONDE, ÊTRE VIERGE REVIENT À SERVIR DE SACRIFICE.
VOILÀ POURQUOI J'AIMERAIS BIEN M'EN DÉBARRASSER.
C'EST QUOI, TON MONDE ?
PAR CONTRE SI JE FAIS ÇA, JE NE SERAI PLUS UNE PÉTASSE VIERGE. JUSTE UNE PÉTASSE.
ÇA A BEAUCOUP MOINS DE GUEULE, QUAND MÊME.
TOI AUSSI...
TU AS ENVIE DE PASSER À AUTRE CHOSE, NON ?
J'AI DU MAL À SUIVRE...

HOTEL
HEIN ?
QUOIII ?!
JE... JE SUIS ÉTONNAMMENT ROMANTIQUE, MOI...
JE PRÉFÉRERAIS QUE MA PREMIÈRE FOIS SOIT AVEC UNE FILLE QUE J'AIME...
AH BON ?
ET ENSUITE, AVEC N'IMPORTE QUI ?
JE N'AI PAS DIT ÇA !

JE NE VEUX PAS...
LE FAIRE AVEC LA PREMIÈRE FILLE QUI PASSE !
SHIII
ぱちん
PLAAAAF
MORISHITA...
OU... OUI ?
TU CROIS QUE JE TE PROPOSE ÇA PAR DÉPIT ?

PHYSIQUEMENT, PERSONNE NE PEUT ME RÉSISTER, ET À L'INTÉRIEUR, JE BRÛLE DE DÉSIR.
UNE FOIS MA VIRGINITÉ PERDUE, JE NE SERAI PLUS QU'UNE PETITE DÉVERGONDÉE...
EN TOUT CAS, ÇA A L'AIR DE TE PLAIRE...
PAR CONTRE...
UNE PETITE DÉVERGONDÉE RIEN QUE POUR TOI.
EUH...
COMMENT ÇA ?

T'ES COMPLÈTE-MENT À CÔTÉ DE TES POMPES, OU QUOI ?!
LAISSE TOMBER, JE VAIS ÊTRE PLUS CLAIRE.
?
TAP TAP TAP
ABENO ?
SHAAAA
SHIIII

どぱーーん
SPLAAATCH
JE VOUDRAIS...
QU'ON SOIT AMIS, EN VUE D'UN FUTUR MARIAGE !!
HEIN ?
TU DÉBLOQUES UN PEU, NON ?
DES AMIS EN VUE D'UN MARIAGE ?
HEIN ?

ATTENDS...
ELLE EST SÉRIEUSE ?
HEIN ?
MORI-SHITA...
TU... TU NE M'AIMES PAS ?!
JE N'AI PAS DIT ÇA !
MOI QUI PENSAIS QU'ELLE N'ENVISAGERAIT JAMAIS ÇA AVEC MOI...
FINALEMENT, J'ÉTAIS LOIN DE LA VÉRITÉ.
?

DANS CE CAS...
JE VAIS RÉPONDRE SÉRIEUSEMENT.
FSHIII
MÊME SI ON SORTAIT ENSEMBLE, ON NE SE CONNAÎT PAS ENCORE TRÈS BIEN.
ON POURRAIT D'ABORD ÊTRE AMIS ET EN DÉCOUVRIR PLUS L'UN SUR L'AUTRE, NON ?
AMIS ?

TU M'AS LAISSÉE DIRE TOUT ÇA POUR FINIR AMIS ?
ABENO...
PLUS QU'AMIS, MAIS PAS ENCORE AMANTS...
TU SAISIS LA NUANCE ?
DES...
DES AMANTS ?
BAH...
C'EST BON, JE M'EN CONTENTERAI POUR AU-JOURD'HUI.

FOUIP
?!
MA MAIN DROITE A BESOIN DE COMPAGNIE.
TU VEUX QU'ON SE LA TIENNE ?
ON EST PLUS QUE DES AMIS, NON ?
ON PEUT AU MOINS FAIRE ÇA.
EUH...
D'ACCORD...

サァァァァ
SHAAA
ABENO, LA GARE EST DE L'AUTRE CÔTÉ...
ON PEUT MARCHER JUSQU'À LA SUIVANTE...
MAIN DANS LA MAIN, SI ÇA TE DIT ?

TU SAIS...
ÇA M'A FAIT MAL AU CŒUR D'ÊTRE TRAHIE PAR MON PÈRE ET MA SŒUR.
JE VEUX BIEN TE CROIRE...
QUAND BIEN MÊME ILS ÉTAIENT IGNOBLES, ÇA M'A DÉVASTÉE...
MAIS PLUS MAINTE-NANT...
GRÂCE À TA VENUE CE SOIR-LÀ.
AUJOURD'HUI, ON SE BALADE MÊME MAIN DANS LA MAIN.
RIEN QUE ÇA, ÇA ME REND HEUREUSE.

MÊME SI J'AVAIS PU REVENIR EN ARRIÈRE ET QU'ILS ME TRAHISSAIENT ENCORE...
JE REFERAIS LES MÊMES CHOIX, RIEN QUE POUR CET INSTANT.
FRANCHEMENT, MÊME MOI J'AI DU MAL À RÉALISER QUE JE LE PENSE SÉRIEUSEMENT !
JE VAIS TE DIRE QUELQUE CHOSE QUE JE NE DIRAI PLUS JAMAIS À PERSONNE.
D'AILLEURS MÊME À TOI JE NE LE RÉPÉTERAI PAS, ALORS ÉCOUTE BIEN.

JE T'AIME...
TRÈS FORT, MORISHITA !

BACK FROM ISEKAI

JE M'APPELLE TÔKA MURAKAMI.
JE SUIS UNE LYCÉENNE ORDI-NAIRE, MANAGER DU CLUB DE BASEBALL, ET UN TOUT PETIT PEU COMPLEXÉE PAR LA TAILLE DE MES POUMONS.
DOM
DU MOINS C'EST AINSI QU'ON POURRAIT ME DÉCRIRE, MAIS...
DOM
CHAPITRE 12 :
VS. CLAN DE YAKUZAS
MON CONTEXTE FAMILIAL N'EST PAS VRAIMENT BANAL.

MON PÈRE S'ÉTAIT INITIÉ AUX INVES-TISSEMENTS EN BOURSE DEPUIS SON ENFANCE.
AU DÉPART IL INVESTISSAIT SES GAINS SUR LE MARCHÉ AU COMPTANT, PUIS SUR LE MARCHÉ À TERME...
PUIS DANS LES DEVISES ÉTRANGÈRES POUR COMBLER SES PERTES... ET S'EST AINSI ENFONCÉ.
AU DÉBUT TOUT ALLAIT BIEN.
MAIS TRÈS RAPIDE-MENT...

IL A COMMENCÉ À BOUFFER SES ÉCONOMIES, PUIS DEMANDER À LA FAMILLE.
IL A ENSUITE FAIT DES PRÊTS À LA CONSOMMATION TRÈS CHERS…
ET EN DERNIER RECOURS, IL EST ALLÉ DANS LES MILIEUX VÉREUX.
GNHH
POOOON
UNE FOIS TOTALEMENT SUR LA PAILLE, IL S'EST JETÉ SOUS UN TRAIN.
NOUS ÉTIONS DÉJÀ BIEN ASSEZ ACCABLÉS, MAIS…

NOS MAL-HEURS NE S'ARRÊ-TÈRENT PAS LÀ.
MADAME, VOUS SAVEZ TRÈS BIEN...
QU'ON DOIT RENDRE CE QU'ON EM-PRUNTE !
MAIS... APRÈS CE QUI EST ARRIVÉ À MON MARI...
ON A DÉJÀ DU MAL À VIVRE... NOUS N'ÉTIONS PAS AU COURANT DE CETTE DETTE !
ALLONS, ALLONS, MADAME...
JE VOUS ASSURE QUE NOUS COMPA-TISSONS AUSSI !
HEUREUSEMENT QUE SON ASSURANCE-VIE EN A COUVERT UNE BONNE PARTIE...
MAIS...
IL NE VOUS RESTE PLUS QU'UN DER-NIER EFFORT À FOURNIR !

DIS DONC, VIEILLE PEAU ?!
QUI T'AS AUTORISÉE À RELEVER LA TÊTE ?!
HIII !
PARDONNEZ-MOI !!
OUPS, NAVRÉ...
VOUS VOYEZ ? MÊME MOI QUI SUIS CALME, VOUS ARRIVEZ À ME FÂCHER !

VOTRE PETIT BOULOT NE SUFFIRA MÊME PAS POUR LES INTÉRÊTS.
J'AI DONC UN MARCHÉ À VOUS PRO-POSER !
UN DE MES AMIS POSSÈDE UN CLUB PRIVÉ.
POURQUOI NE PAS Y ENVOYER VOTRE FILLE ?
UN CLUB ?!
IL SUFFIT DE SERVIR DES GENTLE-MEN QUI APPRÉCIENT LES JEUNES FILLES.
AVEC SA JEUNESSE ET SA POITRINE, VOTRE DETTE...
OOOH !
À PEINE 10 ANS POUR LA REMBOUR-SER !
MAIS... ELLE EST ENCORE AU LYCÉE...

VOUS N'ARRÊTEZ PAS DE PROTES-TER...
CRITCH
CRITCH
HAAA...
はあ～…
JE NE PEUX PAS CI, PAS ÇA...
VOUS CHERCHEZ À ME COMPLIQUER LA VIE, OU QUOI ?
VAS-Y !
BIEN...
ニヤ
ニヤ
GNIII
GNIII
CRAAAC
ギャ
OUPS ! MES MAINS ONT GLISSÉ !

CLIIING
CLIIING
ZUT, QUEL MALHEUREUX ACCIDENT...
MAIS BON, ON N'Y PEUT RIEN !
PERSONNE NE PEUT PRÉDIRE SON DESTIN...
TOUT CE QUE JE SOUHAITE...
HIN HIN...
C'EST QU'IL NE VOUS ARRIVERA RIEN, À VOUS OU VOTRE FILS !
HIII...
GLOUP
H'AAA...
PFIOU, ÇA M'A FAIT TRANSPIRER...
H'AAA...
AU FAIT, BOSS...

GNIIII
QUITTE À VENDRE LE CORPS DE LA GAMINE...
JE NE POURRAIS PAS LE GOÛTER AVANT ?
BRRR
PASSE-MOI TON TRUC.
BIEN !
SHIIII
HEIN ?

SHLAAAC
CRITCH
SHLAC
BO... BOSS ?
PSHIIII
IMBÉCILE, TU JOUES À QUOI ?!
LA GAMINE N'A PAS ENCORE DIT QU'ELLE ÉTAIT D'ACCORD !!
SHLAC
SHLAC
GNIII
GNIII
N'EST-CE PAS, JEUNE FILLE ?
OUH...
BRRR
BRRR
C'EST PAS EN LA FORÇANT QU'ELLE ACCEPTERA DE DEVENIR UNE PRO !!
TU CROIS QUE LES CLIENTS SERONT CONTENTS, SI ELLE TIRE LA GUEULE ?!
BLOM
BLOM
BLOM

SHLAC
SHLAC
ON ATTENDRA QU'ELLE SE PROPOSE D'ELLE-MÊME DE REMBOURSER LEUR DETTE...
À LA PLACE DE SON PÈRE CREVÉ !!
C'EST LA SEULE FAÇON POUR QUE NOS CLIENTS PRENNENT LEUR PIED !!
DOM
AH... BO...
BOSS... ARRÊ...
VLAAAM
PARDONNEZ SON MANQUE D'ÉDUCATION.
HAAA...
HAAA...
COMMENT PEUT-ON ENCORE CROIRE À NOTRE ÉPOQUE QUE LA VIOLENCE RÉSOUT TOUT ?
BRRR
BREF... NOUS VOULIONS SEULEMENT DISCUTER, MAIS...
NOUS N'ALLONS PAS ATTENDRE ÉTERNELLEMENT.
BRRR

GNIIII
RÉFLÉ-CHISSEZ BIEN, JE REVIENDRAI DEMAIN !
J'ESPÈRE QUE TU PRENDRAS LA BONNE DÉCISION, TÔKA !
AH, J'ALLAIS OUBLIER.
POUR VOUS AIDER DANS VOTRE DEUIL.
FOUTEZ-LE DANS LA VOITURE !
BI... BIEN !

COMMENT A-T-ON PU EN ARRIVER LÀ ?
JE N'ARRIVE MÊME PLUS À RÉFLÉCHIR.
GHHHH
J'AVAIS UNE FAMILLE, UN PETIT AMI...
IL Y A ENCORE PEU DE TEMPS, J'ÉTAIS HEUREUSE.
MON MEC M'A TROMPÉE, MON PÈRE S'EST SUICIDÉ...
ET DEMAIN, JE DEVRAI VENDRE MON CORPS POUR SURVIVRE.
HA HA...
POURQUOI JE VIS ENCORE ?
HEIN ?

MURAYAMA ?
MORI-SHITA...
QU'EST-CE QUE TU FAIS ICI ?
SANS SURPRISE, IL EST AVEC ABENO...
TU M'AS LÂCHÉ LA MAIN ?
J'AI PAS FAIT GAFFE...
C'EST QUI ?
C'EST VRAI QU'ON EST TRÈS DIFFÉ-RENTES.
ELLE EST RICHE, ET N'A JAMAIS EU MES DIFFICUL-TÉS...
...MA ?
MURAYAMA, ÇA VA ?

HEIN ?
PLIC
PLIC
TU ES SÛR QU'ELLE VA BIEN ?
JE N'AI PAS L'IM-PRESSION, NON…
IL A D'AUTRES CHATS À FOUETTER, MAIS…
AVEC MORISHITA, PEUT-ÊTRE QUE…
JE T'EN PRIE…
AIDE-MOI, MORISHITA…

D'APRÈS EUX...
IL ME FAUDRAIT 10 ANS POUR REMBOURSER LA DETTE.
JE VOIS...
ILS VEULENT UNE RÉPONSE DEMAIN ?
HUMF...
MORI-SHITA...
C'EST LA DÉLÉGUÉE DE TA CLASSE, DONT TU M'AVAIS PARLÉ ?

JOLI MINOIS... ET DES NIBARDS DÉMESURÉS, MAIS...
ILS DOIVENT PRENDRE TOUTE SON ÉNERGIE ET PLUS RIEN NE VA AU CERVEAU, NON ?
?!
JE PENSAIS QU'UNE DÉLÉGUÉE SERAIT INTELLIGENTE, MAIS...
CE N'EST QU'UNE DÉBILE, EN FAIT.
QUOI ?!
DIS DONC !
DE QUEL DROIT TU ME PARLES COMME ÇA ?!
MORISHITA...
TON PÈRE BOSSE DANS UNE CAISSE DE CRÉDITS, NON ?
TU DOIS AVOIR PLUS DE CONNAISSANCES QUE CETTE POITRINE SUR PATTES ?
MOUAIS...
T'ES DURE, LÀ...

ÇA FAIT COMBIEN DE TEMPS QUE TON PÈRE EST DÉCÉDÉ ?
EUH, DEUX MOIS...
TU AS ENTENDU PARLER DE L'ABANDON D'HÉRI-TAGE ?
LE QUOI ?!
JE M'EN DOUTAIS.
LE CRÉAN-CIER... ENFIN, LES YAKUZAS DEMANDENT À TA FAMILLE DE REMBOURSER SA DETTE ?
OUI, IL FAUT BIEN RENDRE CE QU'IL A EMPRUNTÉ.
NON, CE N'EST PAS OBLIGA-TOIRE.
HEIN ?
EN FAIT...
TU N'ES MÊME PAS OBLIGÉE DE PAYER LE MOINDRE YEN.

MAIS LA LOI...
JUSTEMENT, LA LOI EST DE TON CÔTÉ.
CET EMPRUNT ÉTAIT ENTRE TON PÈRE ET SON CRÉANCIER.
UN TRIBUNAL VOUS EXONÉRERAIT.
IL Y A UN DÉLAI, TU ES ENCORE DANS LES CLOUS.
MAIS...
ILS NE ME L'ONT PAS DIT...
JE SUIS NAVRÉE POUR TON PÈRE...
MAIS JE NE COMPATIS PAS.
C'EST TA FAIBLESSE ET TA BÊTISE QUI T'ONT MISE DANS CET ÉTAT.
!
À TOUS LES COUPS, LEURS MENACES T'ONT FAIT TELLEMENT PEUR QUE TU N'ARRIVAIS PLUS À RÉFLÉCHIR ET TU N'EN AS PARLÉ À PERSONNE...

C'EST LA LOI DU PLUS FORT, RIEN DE PLUS.
CE GENRE DE SCÈNE ARRIVE CONSTAMMENT, PARTOUT DANS LE MONDE.
EH OH, DOUCEMENT !
JE... JE LE SAIS...
JE TROUVAIS LEUR DISCOURS BIZARRE...
JE SUIS PEUT-ÊTRE FAIBLE ET IDIOTE...
MAIS CE SONT DES YAKUZAS !!
QU'EST-CE QU'UNE LYCÉENNE POURRAIT FAIRE CONTRE EUX ?!
TOUT LE MONDE SE COURBE DEVANT LES PLUS FORTS !
C'EST SI MAL QUE ÇA ?! JE DOIS ÊTRE PUNIE POUR ÇA ?!
SHIII

CASH
OUI, LA FAI-BLESSE EST UN CRIME.
C'EST POUR ÇA QUE JE NE COMPA-TIS PAS.
...
TU AS DES DENTS ET DES ONGLES, NON ?
GHH GHH...
TU AURAIS PU LEUR CREVER LES YEUX, OU LEUR ARRA-CHER UN BOUT DE NEZ.
JA... JAMAIS DE LA VIE !!
VOILÀ POURQUOI TU VAS TE FAIRE BOUFFER.
OU PEUT-ÊTRE QUE TU AIMES ÇA ?
GNH...

T'EN FAIS PAS, ON VA T'AIDER.
HEIN ?
CE N'EST NI PAR PITIÉ, NI POUR RÉTABLIR LA JUSTICE.
JUSTE PAR CURIOSITÉ... ENFIN, ÇA C'EST MON PROBLÈME.
?!
LA JUSTICE EST PEUT-ÊTRE DE NOTRE CÔTÉ, MAIS...
TU VAS VRAIMENT...
LE GRIFFER ?
CE SONT DES MAFIEUX !
NE T'INQUIÈTE PAS.
OÙ SE TROUVE LE BUREAU...
DE CES YAKUZAS ?
MORISHITA...

ON VA LEUR PARLER.
DAAAH
J'AI CRU QUE TU VOULAIS ME RÉPONDRE SANS ATTENDRE DEMAIN...
QU'EST-CE QUE ÇA SIGNI-FIE, TÔKA ?

RIEN DE PLUS QUE CE QUE JE VOUS AI DIT.
MURAYAMA ABANDONNE SON HÉRITAGE, CONFORMÉMENT À LA LOI.
LA LOI ?
PFF...
HIIII
HA HA HA HA HA !
GRRR
PSST
PETIT...
JE NE SAIS PAS OÙ TU AS ENTENDU CES INFOS DOUTEUSES, MAIS LE MONDE DES ADULTES EST PLUS RUDE QUE ÇA !
J'APPRÉCIERAIS QU'UN GAMIN NE SE MÊLE PAS DES HISTOIRES D'ARGENT DES GRANDS.
VRAIMENT ?
EN QUOI SONT-ELLES DOUTEUSES ?

À TON AVIS ?!
TU CROIS QU'UN PAUVRE LYCÉEN CONNAÎT TOUT À LA VIE ?
ギャ
HI HI HI HI !
H!!!!
MORI-SHITA...
C'EST UN CRÉANCIER.
IL NE T'ÉCOUTERA PAS SI TU ESSAYES DE LE RAISONNER.
IL ME SOÛLE...
JE M'EN DOUTAIS UN PEU.
AU MOINS...
ÇA VOUS FERA UNE BONNE LEÇON SUR LE MONDE !
LA PETITE MURAYAMA PAIERA CE QU'ELLE NOUS DOIT...
ET COMME ÇA, TOUT LE MONDE SERA CONTENT !

HORS DE QUESTION !
BROOO
SHLAC
SHLAC
HEIN ?!
NOUS NE SOMMES PAS D'ACCORD !
NOUS VENONS DISCUTER EN TOUTE HONNÊTETÉ.
J'AIMERAIS BIEN COMPRENDRE EN QUOI MA DEMANDE N'EST PAS LÉGALE ?
PFF
TU VEUX QUE JE T'EXPLIQUE UN PEU MIEUX, C'EST ÇA ?
GHHH

TU DÉLIRES, MORVEUX...
TU DÉBARQUES CHEZ DES YAKUZAS POUR NOUS PARLER DE LA LOI ?!
ON NE SERAIT PAS DES MAFIEUX SI ON LA RESPECTAIT !
PIGÉ, CETTE FOIS ?
CLIC
GROUILLEZ-VOUS DE DÉGUERPIR, LES GAMINS.
JE DÉTESTE LA CIGARETTE !
VOUS VOULEZ BIEN NE PAS FUMER ?
...
AH OUAIS ?
SHIII

FIOUUUH
GRRR
GRRR
ÇA NE VA PAS LE FAIRE...
QUOI QU'IL EN SOIT...
TROU-VONS UN ACCORD !
LES MURAYAMA ABANDONNENT LEUR HÉRITAGE, ET NOUS N'ATTAQUERONS PAS VOS TAUX DÉLIRANTS.
COMME ÇA ON EST QUITTES, NON ?
FSHOUU
T'ES QUI, TOI ?
PARDON ?
TU N'AS PAS L'AIR...
D'AVOIR PEUR DE NOUS, TA COPINE NON PLUS...

UN HÉROS ET UNE CHAS-SEUSE DE DÉMONS...
QU'EST-CE QUI VOUS FAIT CROIRE ÇA ?
N'ONT AUCUNE RAISON DE FLIPPER DEVANT UNE PETITE FRAPPE !
HA HA HA HA !
ALLEZ, ON EST QUITTES ET ON EN RESTE LÀ !
TOI...
GRRR
TU TE FOUS DE QUI ?!
ON A UN HONNEUR À SAUVER... TU IMAGINES, SI LES AUTRES PENSENT QU'ON S'EST FAIT PRENDRE DE HAUT PAR DES LYCÉENS ?
COURBEZ-VOUS DEVANT NOUS, SI VOUS VOULEZ REPARTIR SANS ÉGRATIGNURE.
BRRR
BRRR
PFFF... HI HI...
HEIN ?!
VOUS PARLEZ D'HONNEUR ? EN VOUS EN PRENANT AUX PLUS FAIBLES DANS CE PAUVRE TAUDIS ?
VOUS VOUS PRENEZ POUR DES CADORS, OU QUOI ?

HAAA... RIDICULE...
VOUS ÊTES BIEN SOUS LA DIRECTION D'UN GROUPE, LUI-MÊME ASSIGNÉ À UN AUTRE... DONC LA STRATE DU BAS, NON ?
ET MÊME SI VOUS AVIEZ ÉTÉ ARMÉS JUSQU'AUX DENTS, AVEC À PEINE 20 PER-SONNES...
VOUS SERIEZ ÉLIMINÉS EN MOIS DE 30 MINUTES.
PAS BESOIN DE L'ARMÉE POUR ÇA...
VOUS ÊTES PRÉTENTIEUX DE VOUS PRENDRE POUR DES COMBAT-TANTS !
BOSS...
GRRR
REGARDEZ-VOUS, AVEC VOS PÉTARDS ET VOS CANIFS ! TROP DRÔLE !
PAS LE MOINDRE ENTRAÎNEMENT, LE FLIC DU COIN GAGNERAIT FACILEMENT !
GRRR
LES VRAIS YAKUZAS VOUS LAISSENT JUSTE MOUFTER DANS VOTRE COIN.
MOI, J'AURAIS HONTE DE ME COMPARER À DE VRAIS MÉCHANTS !
ET DONC ?
OÙ VEUX-TU EN VENIR, POUPÉE ?
EN GROS...

DOOOOOM
AMENEZ-VOUS, QU'ON VOUS METTE UNE RACLÉE...
BANDE DE NAZES !!
JE L'AURAIS PARIÉ...
HA HA HA ! JE VOIS !
ON DIRAIT BIEN QUE TU ES COMPLÈTEMENT CINGLÉE !
ALLEZ-Y, DÉMOLISSEZ-LES.
NE LAISSEZ PAS DE TRACES SUR LA PLUS MIGNONNE.
HÉ HÉ...
GNIII

J'AI OUBLIÉ DE ME PRÉSENTER...
SHOUUU
JE SUIS UNE ABENO.
HEIN ?
ABENO ?
VOUS ALLEZ QUAND MÊME VOUS EN PRENDRE À MOI...
EN SACHANT QUI JE SUIS, LES HORS-LA-LOI ?
ELLE EST TARÉE, CETTE FILLE !
ELLE VA DÉGUSTER !
DONC...
C'EST UNE DÉCLARATION DE GUERRE ?

SHOUUUUU
T'EN-TENDS ÇA, MORI-SHITA ?
C'EST LA RUÉE VERS L'OR !
LA RUÉE ?
ATTENDEZ UN PEU...
TU VAS ENFIN T'EXCUSER ?
MÊME PAS EN RÊVE !
ON N'AVAIT PAS DU TOUT ENVIE DE NÉGOCIER, MAIS ON S'EST FORCÉS POUR APAISER LES CHOSES.
VOUS ÊTES SÛRS DE VOULOIR EN ARRIVER LÀ ?
ÇA SUFFIT...
FAITES-LES TAIRE !
BIEN !
HIN HIN...
HI HI !
EUH... ABENO...
VA PAS TROP LOIN, HEIN ? ON NE LES TUE PAS !

PUISQU'ON VIENT DU MÊME MONDE...
JE VAIS VOUS MONTRER LA VRAIE VIOLENCE.
HUMPF !
FSHOUU

PLAAAF
?!
CRIC
CRIC
LA VÔTRE...
GNIIII

BLOOOM
VAUT QUE DALLE !!

J'AI NOMMÉ : L'ARC ÉTINCELANT DU DRAGON ! UNE TECHNIQUE D'AIKIDO DU COURANT ABENO.
C'EST PRESQUE DOMMAGE DE L'UTILISER SUR DES NAZES PAREILS.
GLOUP
GLOUP
C'EST DE L'AIKIDO, ÇA ?
ELLE EST BIEN PLUS FORTE QUE LE COMMUN DES MORTELS.
À L'ÉPOQUE DES GUERRES DE SHÔGUNS, ELLE SERAIT DEVENUE UNE LÉGENDE...
IM... IMPOSSIBLE, IL EST 3ÈME DAN DE KARATÉ !
COMMENT UNE SIMPLE LYCÉENNE PEUT-ELLE L'ENVOYER VALSER ?!
APRÈS L'AUTRE MARIONNETTE...
ON PASSE À TOI, MAINTENANT ?
BRRR
BRRR

PLUS ENVIE DE SE BATTRE, APPAREMMENT...
DANS CE CAS...
ON PEUT CONSIDÉRER QUE VOUS PRENEZ NOTES DE SON ABANDON D'HÉRITAGE, N'EST-CE PAS ?
INCROYABLE...
ILS ÉTAIENT VRAIMENT NULS...
PEU DE GENS PEUVENT TE RÉSISTER !
ILS N'ONT PAS SOURCILLÉ...
FACE À UN CLAN DE YAKUZAS !
EUH... MORISHITA, ABENO...
JE VOULAIS...

TU N'AS PAS À NOUS REMERCIER.
JE VOULAIS JUSTE NETTOYER LA VILLE DE CERTAINS CAFARDS.
GLOUP
キュ〜ン
MÊME SI JE N'ATTEINDRAI JAMAIS SON NIVEAU...
TU Y AS ÉTÉ UN PEU FORT !
ILS DEVRAIENT ÊTRE CONTENTS D'ÊTRE EN VIE !
MOI AUSSI...
AU FAIT...

C'ÉTAIT QUOI, SON HISTOIRE…
DE RUÉE VERS L'OR ?
DIS DONC, KAGUYA M'A RACONTÉ !
OUAH ?!
C'EST VRAI QUE DES YAKUZAS LUI ONT CHERCHÉ DES NOISES ?
OUI, MAIS POURQUOI ÇA T'AMUSE AUTANT ?
NON, C'EST VRAIMENT ARRIVÉ ?!
JE SUIS DES VÔTRES, MOI AUSSI !
PAS QUESTION DE LOUPER UNE OCCASION PAREILLE !
HEIN ? DE QUOI ?
CELA DIT, PASSER PAR DES FIGURANTS PAREILS POUR DÉCLARER LA GUERRE, C'EST RISQUÉ.
ESPÉRONS QUE PERSONNE NE FASSE BARRAGE… HMM ?
VHHH
VHHH

TROP BIEN ! ELLE EST DOUÉE !
PLUS PERSONNE NE POURRA DIRE QU'ILS N'ÉTAIENT PAS AU COURANT !
MAIS DE QUOI TU PARLES ?
ELLE NE T'EN A PAS PARLÉ ?
DE QUOI, À LA FIN ?
DÉTECTION DE DANGER, COMPÉTENCE ACTIVÉE.
WIIIIH
RECHERCHE DE COMPÉTENCE ACTIVÉE.
ÉVIDEMMENT...
JE L'AURAIS PARIÉ !
QUE...
ON ÉTAIT EN TRAIN DE CAUSER !
CLANG

MURAYAMA !
HEIN ?!
IL EST EN TRAIN DE SE PASSER CE QUE JE T'AI EXPLIQUÉ HIER !
MAIS... VOUS ÊTES SÛRS ?
MÊME SI VOUS ÊTES FORTS EN AIKIDO...
T'INQUIÈTE PAS...
LAISSE-MOI FAIRE !

BACK FROM ISEKAI

CLANG
TU VAS REGRETTER D'AVOIR UTILISÉ TA GAMINE !!
QUE... QUOI ?
QU'EST-CE QUE...
BLAAAM
FAIS PAS L'IGNORANTE, LA VIEILLE !
HIII...
VLAAAM
TU CROIS POUVOIR T'EN SORTIR...
EN ABANDONNANT L'HÉRITAGE ?
TU RÊVES !!
HIIII !!
GNIIIP
?!
PLAF

# CHAPITRE 13 : DÉSESPÉRÉE

BLOOOM
TU TE FOUS DE...
?!
CLONG
FIOUH
ENFOIRÉ !
TOC
SHLAAAC

PLUS QU'UN DERNIER...
HIII...
M'AP-PROCHE PAS !!
WOUUSH
FIOUH
SHLAC
C'EST QUAND MÊME ABUSÉ DE SORTIR DES ARMES CONTRE UN LYCÉEN...
SHAAA
SHLAAC
GWOU-AAARG!
C'ÉTAIT DE LA LÉGITIME DÉFENSE.

BON... C'EST FINI, MAIS...
TU PARLES D'UN CARNAGE...
KIIIH
HIIII !
KIIIH
KIIIH
INCROYABLE...
TU ES VRAIMENT FORT EN AIKIDO !
HA HA... BAH...
UNE CHANCE QU'ELLE SOIT NAÏVE...
N'EMPÊCHE QU'ILS NOUS ONT ATTAQUÉS SANS MÊME FAIRE ATTENTION À RESTER DISCRETS !
QU'EST-CE QU'ILS FERONT, LA PROCHAINE FOIS ?!
C'EST VRAI QUE ÇA NE POUVAIT PAS ÊTRE PIRE.

BIEN EN-TENDU...
JE PARLE SURTOUT POUR EUX...
?!
PFUU...
HEUREUSE-MENT QUE JE SUIS PLUTÔT SOLIDE...
SHIMA-BUKURO ...
OUI ?
TU AS DES NOUVELLES DE CEUX QU'ON A ENVOYÉS CHEZ LES MURAYAMA ?
PAS ENCORE...

IL FAUT DIRE QUE CE SONT LES PIRES.
ILS DOIVENT ÊTRE EN TRAIN DE S'AMUSER ENCORE UN PEU !
PEU DE YAKUZAS SE SALISSENT LES MAINS EUX-MÊMES, DE NOS JOURS.
IL FAUT SAVOIR EXTERNA-LISER LE BOULOT !
VHHH VHHH
AH, UN APPEL DE CEUX QUI SONT ALLÉS CHEZ CE PETIT CON DE MORISHITA.
PUISQU'IL EST FORT, AUTANT S'EN PRENDRE À SA FAMILLE !
ALORS, VOUS EN ÊTES OÙ ?
SHI... SHIMA-BUKURO !!
C'EST PAS CE QU'ON AVAIT DIT !
JE CROYAIS QUE CE N'ÉTAIT QU'UN MIOCHE !!
AH, M'AP-PROCHE PAS !!
BLAM
BLAM
QUE... EH !

PUISQUE ÇA ALLAIT ÊTRE UN PEU COMPLIQUÉ D'ABORDER LE DERNIER ÉTAGE D'UNE TOUR...
ILS ALLAIENT FORCÉMENT S'EN PRENDRE À MORISHITA OU À LA DÉLÉGUÉE.
SALE MONSTRE !!
CLIIING
HII ?!
PLOP
HIIIII !
VOUS CROYEZ VOUS EN SORTIR AVEC VOS PÉTARDS ?
VOUS ME SOUS-ESTIMEZ...

ESPÈCE DE...
HEIN ? JE SUIS BLOQUÉ...
DZIIIIH
HYAAAA !!
CRITCH
SHLIIINC
GWAARG !
J'AURAIS BIEN AIMÉ UN PEU PLUS DE RÉPONDANT, QUAND MÊME !
ÇA VALAIT PAS LE COUP DE SORTIR MON SABRE !

OH, VOUS M'ENTENDEZ ?!
VHHH
VHHH
QU'EST-CE QU'IL SE PASSE ?
QUOI ?
ON DIRAIT BIEN QU'ILS SONT BOURRÉS, ILS N'ARRIVENT MÊME PLUS À ARTICULER.
BANDE D'IMBÉCILES...
DING DONG
AH, LA LIVRAISON !
C'EST BON ! PAS LA PEINE DE SONNER COMME ÇA, ON VOUS ENTEND...
DING DONG
DIIIING
DING DONG
BONJOUR...
UNE PETITE VISITE DU POSTE DE POLICE !
HEIN ?!
PLIP

BOSS !
AVEC ÇA, ÇA DEVRAIT SE CALMER.
S'ILS FINISSENT TOUS EN TÔLE OU À L'HÔPITAL, LE CLAN VA SE DÉLITER.
DE TOUTE FAÇON LES MAFIEUX SURVIVENT UNIQUEMENT PARCE QUE LA POLICE FERME LES YEUX, MAIS...
ILS ONT FRANCHI UNE LIGNE ROUGE EN S'EN PRENANT À DES CIVILS.
QUOI, C'EST TOUT ?
POURQUOI MA FAMILLE A SUBI TOUT ÇA, ALORS ?
ILS ONT ESSAYÉ DE VOUS FAIRE CHANTER, EN FAIT.
JE SUIS NAVRÉ POUR TOUT ÇA.
MERCI, MAIS...
ÇA VA ALLER.

MORI-SHITA...
QU'EST-CE QUE ÇA SIGNIFIE ?
AH, ABENO !
ON A TERMINÉ AUSSI...
HIII ?!
BROOOOOO
GRRR GRRR
T'ES GONFLÉ, QUAND MÊME...
ESPÈCE D'ENFOIRÉ !!
HEIN ? POURQUOI ELLE EST FÂCHÉE ?
MÊME CONTRE KYOBI, ELLE NE L'ÉTAIT PAS AUTANT...
C'EST QUOI TOUT ÇA ?!

QUE FAIT LA POLICE ICI ?
JE CROYAIS QUE C'ÉTAIT JUSTE POUR NOUS ?
DÉSOLÉE, LEILA...
CET IMBÉCILE A APPELÉ LES FLICS.
QUOI ?!
ABRUTI !!
VLAAAAM
HMPF ?!
OH, ÇA FAIT MAL !!
TU ABUSES, SÉRIEUX !!
UN AUTRE QUE MOI SERAIT MORT !!

BLAM
TU VAS ME LE PAYER !
TU VIENS DE FLINGUER UNE OCCASION EN OR !!
BLAM
BLAM
AAAÏE AÏE !
GRRR
ON T'AVAIT SEULEMENT DEMANDÉ DE SURVEIL-LER LEUR BUREAU.
À QUEL MOMENT TU T'ES DIT QUE TU POUVAIS PRENDRE DES INITIATIVES ?
ON DIRAIT DES GAMINES EN PLEIN CAPRICE !
DÉCHET !!
ORDURE !!
DÉBRIS !!
CERTAINS AIMENT BIEN ÇA, MAIS BON…
BLAAAM
TING
QUOI, LE CHEF S'EST ENFUI ?
AVEC TOUT LEUR FRIC ?!

APPAREM-MENT...
ON A UNE DERNIÈRE CHANCE !
ALLEZ, UTILISE TON DÉTECTEUR POUR RETROUVER LEUR BOSS !
ET T'ENDORS PAS !
HEIN ? EUH...
POURQUOI ELLES NE LAISSENT PAS LA POLICE S'EN OCCU-PER ?
DÉTECTION, COMPÉTENCE ACTIVÉE.
LEILA, CHOPE UN TAXI !
ATTENDS, ME DIS PAS QUE...
BIEN SÛR QUE SI !
ON VA ENLEVER LE DERNIER YAKUZA !

TROP SERRÉ...
IL A DÛ EMMENER BIEN PLUS DE FRIC QUE SA VALISE...
FINALEMENT, ON CONTINUE LE STAGE BONUS !
VROOOOM
C'EST QUOI, CES HISTOIRES DE STAGE BONUS OU DE RUÉE VERS L'OR ?
IL VAUT MIEUX EN PARLER QUAND ON SERA TOUT SEULS.
SHLIIING
RUPTURE SPATIALE ACTIVÉE.
COMME ÇA LE CHAUFFEUR NE NOUS ENTENDRA PAS.
C'EST PRATIQUE !
LE GOUVERNEMENT ET L'ÉTAT NE RECONNAISSENT PAS OFFICIELLEMENT LES DOMINIONISTES, NI LES ABENO.
C'EST EXTRATERRITORIAL... ILLÉGAL, EN GROS.
HMM...
VROOOM

*NDT : PÉRIODE ALLANT DE 1467 À 1615, MARQUÉE PAR DES GUERRES CIVILES QUASI-ININTERROMPUES.

SI SEULEMENT QUELQUES-UNS S'UNISSAIENT, ILS SERAIENT INCONTRÔLABLES.
CELA DIT, J'IMAGINE QU'ILS NE VEULENT PAS NON PLUS SE METTRE LE GOUVERNEMENT À DOS.
MÊME TOI, TU PIGES LES GRANDES LIGNES ?
NOS DIRIGEANTS LES LAISSENT EN LIBERTÉ ?
ON A NOUÉ UN PACTE, AU DÉBUT DU XXE SIÈCLE.
ON DOIT SE CANTONNER AUX DÉMONS...
INTERDICTION D'APPARAÎTRE EN PUBLIC, PAS D'INTERFÉRENCE EN POLITIQUE NI DANS LE MONDE CIVIL.
EN ÉCHANGE, ILS NOUS LAISSENT TRANQUILLES AUSSI.
C'EST ÇA, L'EXTRATERRITORIALITÉ ?!

EN CAS DE DÉRAPAGE CONTRE LA POPULATION, NOS CHEFS SERAIENT IMMÉDIATEMENT SANCTIONNÉS.
À UNE EXCEPTION PRÈS : S'IL S'AGIT DE YAKUZAS.
AH BON ?
ON A CARTE BLANCHE...
MÊME DE TUER.
DANS LES FAITS, LES BASTONS NE SONT AVANTAGEUSES POUR PERSONNE, ALORS IL N'Y EN A PRESQUE PLUS.
ET QUEL EST LE RAPPORT AVEC UNE RUÉE VERS L'OR ?
TOUJOURS PAS TILTÉ ?
SI ON PEUT TUER, C'EST QU'ON PEUT AUSSI VOLER OU EXTOR-QUER.
J'AVAIS TOUT PRÉPARÉ POUR QU'UNE GUERRE DEVIENNE INÉVITABLE !

C'EST LÀ QUE TU AS APPELÉ LES FLICS ET TOUT FAIT FOIRER.
ABRUTI...
TU FAIS ENCORE PLUS FLIPPER QUAND TU MARMONNES...
CES YAKUZAS SE SONT ENRICHIS ILLÉGALEMENT.
UNE DÉFENSEUSE DU BIEN NE PEUT PAS LAISSER PASSER ÇA.
TU DÉFENDS LE BIEN, TOI ?
VU QU'ON N'A AUCUN SOUTIEN DE L'ÉTAT, ON GALÈRE TOUS POUR MAINTENIR NOS BUDGETS À FLOT !
PAS QUESTION DE LOUPER UNE OCCASION PAREILLE !
LE VATICAN ME FILE PAS BEAUCOUP D'ARGENT DE POCHE...
ON N'A QU'À RAMASSER LE FRIC OÙ IL SE TROUVE !
PLAAAF
TU CROIS QU'IL A AMASSÉ COMBIEN ?
VROOOOM
TROP HÂTE DE LE DÉCOUVRIR !
UNE DÉFENSEUSE DU BIEN, MON ŒIL...

HOTEL
ET MERDE !
CLANG
CLANG
J'ÉTAIS SÛR QUE J'AVAIS DÉJÀ ENTENDU CE NOM...
LES ABENO EXISTENT VRAIMENT ?
JE PENSAIS QUE C'ÉTAIT UNE LÉGENDE URBAINE...
BOSS... CE N'EST QU'UNE BANALE LYCÉENNE !
ON A BESOIN DE NOS ARMES ?
IMBÉCILE !
CETTE FILLE EST UN MONSTRE !
ON N'AVAIT PAS DE MITRAILLETTE ? ELLE EST PASSÉE OÙ ?!
IL S'EST REMIS À CONSOMMER ?
BAH, IL A TOUJOURS ÉTÉ UN PEU CINGLÉ...

OUAAAH !
ILS SONT LÀ !
HEIN ? IM-
POSSIBLE !
ON EST
LES SEULS À
CONNAÎTRE CET
ENDROIT !
CLAC
CLAC
HEIN ?!
CLIIING
?!

LA POIGNÉE A CÉDÉ !
T'INQUIÈTE, LA FACTURE SERA POUR NOUS.
QU'EST-CE QUE VOUS FOUTEZ ?!
TIREZ, TIREEEEZ !!
PAAN
SALES MORVEUX !!
PAAN
PAAN
FSHOUU
ON VOUS A DÉJÀ DIT QUE C'ÉTAIT INUTILE.

HOP, ATTAQUE ARRIÈRE !
BLAAAM
C'EST PAS TRÈS RÉGLO...
TOI, CONTINUE À TIRER !!
HIIII...
DOM
OUAAAH !!
DOM
DOM

DOM
DOM
HÉ HÉ...
BRRR
JE... JE L'AI EUE !
BRRR
DIS DONC, ÇA FAIT MAL !
?!
MÊME AVEC LA PROTECTION DE DIEU...
PLIC
CLING

GRRR
J'AI QUAND MÊME LES SENSA-TIONS !
GRRR
ET T'AS TROUÉ MES FRINGUES...
HIII !
T'ES... UN MONSTRE !!
C'EST QUI LE MONSTRE ?!
BLAAAAM
COMMENT OSES-TU ME PARLER COMME ÇA ?!
TU VAS PAS T'EN SORTIR AVEC TOUTES TES DENTS !!
DOM
LE PAUVRE...
CRAAAAC
DOM

CETTE FOIS, C'EST TERMINÉ.
PLUS LA PEINE DE TE PRENDRE LA TÊTE POUR UN QUELCONQUE HONNEUR.
BRRR
BRRR
ÉCONOMISE TA SALIVE MORISHITA, CE GENRE DE TYPE NE SE REPEND JAMAIS.
MAINTENANT QU'ON EST EN GUERRE, UN DES DEUX CAMPS DOIT DISPA-RAÎTRE.
HIN... HIN HIN...
VOUS N'AVEZ VRAIMENT RIEN COM-PRIS...
IL N'Y AURA JAMAIS DE FIN !

TU CROIS QU'IL Y A COMBIEN DE PERSONNES AU-DESSUS DE MOI, DANS LE PAYS ?
ILS VOUS POURSUIVRONT TOUS LES JOURS, 24 HEURES SUR 24 !
VOTRE FAMILLE, VOS AMIS... MÊME VOS SIMPLES CONNAISSANCES...
ON DÉTRUIRA TOUT CE QUI COMPTE DE PRÈS OU DE LOIN POUR VOUS...
TU REMUES LE COUTEAU DANS LA PLAIE PARCE QUE JE N'AI PLUS DE FAMILLE NI DE POTES ?
VICIEUX ET CRUEL, EN PLUS DE ÇA !
VLAAAM
OUURGH ?!

ON DOIT TE FAIRE CRACHER OÙ SE TROUVE LE FRIC AVANT QUE LA POLICE ARRIVE, ALORS...
FROT
FROT
JE TE LAISSE LE CHOIX.
ON TE TORTURE POUR TE FAIRE PARLER, OU TU PARLES ET ON TE TORTURE APRÈS...
QU'EST-CE QUE TU PRÉFÈRES ?
QUE...

HOTEL
SHAA
ザワ
ザワ
SHAA
CE
QUOI... UNE FUSILLADE ?!
C'EST QUELLE BANDE, CETTE FOIS ?
EUH, JUSTE-MENT...
HEIN ? DES LYCÉENS ?!
VOUS PLAI-SANTEZ ?!
IL N'Y EN A PAS UN SEUL EN ÉTAT DE PARLER ?
OUUH ?!

SHAAA
C'EST UNE BLAGUE ?!
MAIS QUEL CINGLÉ EST CAPABLE DE FAIRE ÇA ?
A...
ABE... NO...
LA PRISE DU JOUR S'ÉLÈVE EN GROS...
À 50 MILLIONS !
BLOOF

ON S'EST TOUS ORGANISÉS SUR LE TAS...
ON PARTAGE ÉQUITABLEMENT ?
ÇA TE VA, MORISHITA ?
HMM...
QUOI, UN SOUCI ?
J'AVOUE QU'EN CAS DE LANCE-ROCKET OU DE CHAR D'ASSAUT, JE M'ÉTAIS DIT QU'ON AVAIT QU'À T'ENVOYER EN PREMIER...
C'EST POUR ÇA QUE TU M'AS AMENÉ ICI ?!
PUISQU'ON PARTAGE...
DONNEZ MA PART À LA DÉLÉGUÉE.

ILS LEUR ONT PRIS L'ASSURANCE-VIE DE SON PÈRE AUSSI.
CETTE SOMME SERVIRA À LA REMPLACER.
JE N'AI PAS TROP ENVIE DE LA GARDER.
GRAT GRAT
TU VEUX TE FAIRE PASSER POUR UN SAINT ?
COMMENT VEUX-TU QU'ON GARDE L'ARGENT, APRÈS ÇA ?
JE PENSE PAREIL.
J'AI COMPRIS L'IMPOR-TANCE DE LA FAMILLE QUAND J'AI PERDU LA MIENNE.

J'AIME L'ARGENT, MAIS JE NE SUIS PAS RADINE.
ALORS C'EST DÉCIDÉ !
À LA BASE, C'EST À ELLE QU'IL L'ONT VOLÉ.
ELLE ACCEPTERA SI ON LUI DIT QUE LES YAKUZAS NOUS L'ONT GENTIMENT RENDU.
ELLE SONT INGÉRABLES, MAIS...
CE NE SONT PAS DE MAUVAISES FILLES...

DOOOOM
CE...
C'EST QUOI TOUT ÇA ?
570 MILLIONS EN TOUT !
QUI SE BALADE AVEC AUTANT DE LIQUIDE, DE NOS JOURS ?
VOUS AVEZ TROUVEZ ÇA OÙ ?!
HMPF ...
TU TE SOUVIENS DE CE QU'IL A DIT ?
LES ENFANTS DOIVENT PAYER LES DETTES DES PA-RENTS...
OUI...

NE ME DIS PAS QUE...
ET SI !
ON EST ALLÉES NÉGOCIER DIRECTE-MENT...
AVEC LE SIÈGE RÉGIONAL APRÈS ÇA. AVEC SES RESPONSABLES, QUOI.
IL EST NORMAL AUSSI QUE LES PARENTS ASSUMENT LES CONNERIES DE LEURS GOSSES, NON ?
LA DIS-CUSSION A ÉTÉ ASSEZ FLUIDE !
HI HI HI !
RELAX, PERSONNE N'EST MORT.
PAR CONTRE, ON N'IMAGI-NAIT PAS QUE LE QG...
AVAIT AUTANT DE PISTOLETS-MITRAILLEURS ET DE GRENADES !
C'EST ÇA "FLUIDE", POUR TOI ?

IL A SUFFIT D'EN DÉMOLIR UNE TRENTAINE POUR QUE LE BOSS SE RENDE.
ET DONC IL VOUS A PAYÉES ?
ON N'ALLAIT PAS REPARTIR LES MAINS VIDES, QUAND MÊME !
C'EST LOURD !
DANS L'AUTRE MONDE J'AVAIS DE QUOI BÂTIR UN CHÂTEAU, MAIS...
AVOIR DES MILLIONS AU JAPON, C'EST ÉTONNAMMENT PLUS IMPRESSIONNANT.
J'AI FAIT PASSER ÇA POUR UN COUP DES ABENO, ALORS...
JE GARDE 370 MILLIONS.
TU AS TA POCHE MULTIDIMENSIONNELLE ?

TIENS, 200 MILLIONS POUR TOI.
C'EST PAS RENTABLE POUR LE NOMBRE DE BALLES QUE J'AI PRIS, MAIS...
ÇA IRA POUR CETTE FOIS.
300 MILLIONS...
PLUS 200...
HMM ?
EUH... ET MOI ?
HEIN ?
C'EST LOURD !
IL ME SEMBLE QUE TU N'AS RIEN FAIT DU TOUT...
TU OSES VRAIMENT QUÉMANDER TA PART ?
CE... C'EST VRAI, MAIS...

ALORS POURQUOI ELLES M'ONT FAIT VENIR ?
JE NE SUIS PAS DORAEMON !
HI HI...
RASSURE-TOI.
JE PAIERAI TOUT, QUAND ON SE FILERA DES RENCARDS.
LES RENDEZ-VOUS, LES VOYAGES...
LA CÉRÉMONIE DE MARIAGE, NOTRE VIE...
JE PRENDRAI TOUT EN CHARGE !
HEIN ?!

C'EST UNE RÉPARTI-TION...
LARGEMENT ÉQUITABLE, NON ?
OUUUH...
COMMENT RÉSIS-TER À CE SOURIRE ?!
TU ES TROP MIGNON, QUAND TU ROUGIS !
A... ARRÊTE, ÇA VA !
...

MURAYAMA...
TU BOSSES ENCORE LE DROIT ?
JE NE VEUX PLUS RESTER FAIBLE SANS RIEN FAIRE.
JE PEUX TROUVER UNE SOLUTION DÈS QUE J'AI BESOIN, EN ÉTUDIANT LES LOIS.
TU AS BIEN CHANGÉ !
L'ÉCLAIR, PENDANT LE COMBAT CONTRE KYÛBI...
N'ÉTAIT PAS UNE COMPÉTENCE DE CE MONDE.

JE NE M'Y SERAIS PAS TROMPÉE.
C'EST LUI...
LE HÉROS DE L'AUTRE MONDE ?
MON...
GRAND FRÈRE...
BACK FROM ISEKAI T03 - FIN

# POSTFACE

## KOBAN SAMEDA

# POSTFACE

## ARATA SHIRAISHI

BONJOUR À TOUS, JE SUIS L'AUTEUR DE LA SÉRIE, ARATA SHIRAISHI ! JE SUIS VRAIMENT CONTENT QUE LE CHARME DE ABENO SOIT FIDÈLEMENT RENDU, SURTOUT DANS LES SCÈNES LES PLUS CRAQUANTES !

# BACK FROM ISEKAI

## Volume 03



First published in Japan in 2021 by SQUARE ENIX CO., LTD.
French translation rights arranged with SQUARE ENIX CO., LTD. and
Editions Delcourt, GROUPE DELCOURT through Tuttle-Mori Agency,Inc.

Directeur de collection : Pascal Lafine
Supervision éditoriale : Justine Bouzid et Céline Ruaux
Suivi éditorial : Oriane Maumus
Traduction & adaptation : Studio Mankai
Correction : Mathilde Peru
Lettrage : Studio Mankai
Conception graphique :
Studio Delcourt/Soleil - Yohan Julien


Dépôt légal : avril 2025
ISBN : 978-2-413-07673-5

Imprimé et relié en mars 2025
par Aubin Imprimeur, à Ligugé.

**Groupe Delcourt**
**8-6, rue Léon Jouhaux 75010 Paris**

www.editions-delcourt.fr

LÉGENDE VIVANTE
DELCOURT
TONKAM

Aux origines de l'homme
le plus fort du monde
Oscar Orkus est un synergiste au talent incommensurable qui le dissimule pour couler des jours tranquilles. Milady Raisen est la détentrice d'une ancienne magie divine et descendante d'une famille nommée "les bourreaux". Ils décident de s'unir pour s'opposer aux divinités. Sans le savoir ils vont lier leur destin à celui d'Hajime et le feront devenir l'homme le plus fort du monde.
Série à découvrir chez Delcourt/Tonkam
ARIFURETA ORIGINES 1
DELCOURT TONKAM
ARIFURETA: From Commonplace to World's Strongest Zero
©Ataru Kamichi ©Ryo Shirakome / OVERLAP

ARIFURETA
1 De Zéro à Héros
L'HEURE DE LA VENGEANCE A SONNÉ !
Au lycée, Hajime est persécuté par ses camarades. Lorsque sa classe est invoquée dans un autre monde, tous acquièrent des compétences magiques hors du commun, sauf lui, relégué au rang de simple synergiste. Trahi par l'un de ses compagnons et laissé pour mort dans un donjon, Hajime se réveille dans un niveau peuplé de puissants monstres. Il se jure alors de devenir plus fort pour remonter à la surface et se venger.
Série à découvrir chez Delcourt/Tonkam
Anime disponible su
WAKANIM

LA SAGESSE S'OBTIENT PARFOIS
DU BOUT DES SLIMES !
Yûji Sano employé d'une société sans scrupules se retrouve dans un monde semblable à celui d'un jeu vidéo, avec une fenêtre de stats et des compétences. En face de lui se tient un slime. Il l'apprivoise sans mal et devient un dresseur. Un vieux grimoire trouvé non loin de son lieu d'arrivé, va lui enseigner plusieurs magies qui lui octroient une deuxième classe, celle d'érudit !
Série à découvrir chez Delcourt/Tonkam
Œuvre originale
Shinkô Shotô
Manga
Ponjea
Character design
Hûka Kazabana
Réincarné dans un autre monde
1
Delcourt Tonkam
©Shinkoshoto / SB Creative Corp.
Character Design: Huuka Kazabana ©2019 Friendly Land /SQUARE ENIX